地上絵

橋爪志保

Hashizume Shiho

地上絵＊もくじ

I

II

装幀　成原亜美（成原デザイン室）
装画　イケガミヨリユキ

I

地上絵

マグカップの取っ手にゆびをかけたままさよなら系をきみは話した

エアコンの音をゆっくり聞きながら思いだす体温のイメージ

めずらしいところに空が広がってしずかにビルは消えてゆくもの
ひょうきんな教えを門の前に貼るお寺を通りすぎて駅まで
改札の前であなたと完全におんなじひとがほほえんでいる

淀川は広いな鴨川とは全然ちがうなほとんど琵琶湖じゃないか

かなしみの（きみがわたしのスカートでめがねを拭っている）退屈さ

髪型を川べりの風にまかせて将来もずっと鴨を見ていたい

身勝手と祈りの差異のすくなさにからだを並べて置いていたこと

パンパカパンは何が開いているんだろう、パカのときに。　朝ちょっとだけ泣く

つらいときはがき出すから生きててね、会いたがったらぼくを止めてね

ヘッドライトのそばだけ雨がよく見える　ちゃんと日記を書こうとおもう

I am a 大丈夫　ゆえ　You are a 大丈夫 too　地上絵あげる

風のなか本をひらけば花びらとともにさらわれてゆく正誤表

ヨドバシの前のみじかいエスカレーターかわいいな　忘れてしまう

星とカメレオン

春が来てそれを笑って陸橋がおもしろいから渡りにいこう

この町でいちばん好きな自販機を決める　昼夜が逆転してる

僕たちは蛾のように飛ぶ蛾になって、それもでかい蛾　社会が苦手

うつくしいきみの留年が満月の夜をみだりにかがやいている

花束をもらってすぐに嗅いでいるきみをわたしは正しいとおもう

四次会の心残りを五次会へ担いで運ぶまるでおみこし

セグウェイが似合う由良さん　トゥクトゥクが似合う梶野くん　信じています

よせがきにきみが小さく描いてくれた舌のくるくるしたカメレオン

この星でいちばん好きな自転車を決める　夜明けの廃品場で

いいこともわるいことも起こってる目の色変えて話がしたい

坂道の降りきるまでをつなぐ手でたとえば星も燃やせないこと

街灯がＬＥＤに変わってた　きみが死んだとしてもゆるすよ

ギャグ漫画みたいにすてきなことをしたいこれからもではなくてこれから

いつ撮った写真なのかを思いだすあいだにぼくは追い越してゆく

世界中の鳥の名前

前のひとが何秒ルールで食べちゃうか見てたら捨てた　台風一過

君が空に向かって口を開けている何が来るのかわからないのに

ビルをつくるひとはやる気があるんだなあ　悲しい時はジャンプしてみる

やせぎすといえばわるくちやせすぎといえば場合によってわるくち

カラオケの機械のなかの東京を端から入れて歌詞はあやふや

きみはぼくのために冷蔵庫の水を飲んでくれた　うれしかった

髪の毛をふわふわなぞる　なぞなぞに燃える水族館と答える

振る腕が痛めばときどきひだりみぎ変えながら聴くライブだったね

半袖は冬になっても半袖をやめれないんだ　ちゃんとできない
かみなりのように壊れたブランコがあったはずあの空き地にむかし
きみの免許証のきみはさびしそうシールを貼って喜ばせよう

ぱくぱくと冬の日なたを食べているみたいに話す見送りの朝

湯たんぽの実演販売中です、と湯たんぽがただおいてあるだけ

エスカレーターあるくのほんとはいやなんだ　って泣きながら君はのぼる　それについていく

世界中の鳥の名前を聞かれてもいつかすんなり言えるようになるかな

思い出と生活はほぼおなじものだから僕らはもう富豪だよ

いつかきみの代わりがあらわれる日までカセットの爪を折ろう　一緒に

たばこ吸うのをどんどんうまくなりたい　道にサスペンダーが落ちてた

ボーダーを着てボーダーの服買いに行くのはながいきのおまじない

イヤホンを取ると店内にも同じ曲が流れていてそよぐ草

ドレス！

靴の中まで掃除機をかけておく春が速度をあげれば夏に

スーツケースを持たせたらすぐ人を轢くぼくでいいならパレードしよう

永遠に枯れない川を持つきみを励ますためのそこで洗濯

かなしばりに頼って暮らすよろこびを、虫歯を飼い馴らすたのしみを

蜃気楼みたいだね死は　ジャグジーの泡が出るところに勝負を挑む

今週はきみに誕生日おめでとうを言うのが流行っていてワンダホー

イヤホンと眼鏡とマスクと透明のピアスに飾られるきみの耳

速すぎてみえない換気扇の羽むりやり止めてぎゅっとキスした

いい気持ち　押したら人がやってくるボタンがこの世に何個もあって
心臓が惜しげもないや　歌ってるときその歌にぼくはなってる
うっとりとしょんぼりを繰り返しながら広がるまぼろしは遊園地

真っ白な日傘がむしろまぶしそう　きみのそういうところが好きだ

自転車のベルのリズムに乗りながら自転車に乗る　繊細じゃない

こんにちはだけが人生。こんにちは！　泳げるくらい雨降っている

悪夢でもただなかに手を広げてる　風に揺れてる僕らはドレス

シンバルを鳴らすたび髪吹き上がり祈りは君を君たらしめる

世界から逃げれば世界が増えてゆく自業自得を愛しています

誕生日おぼえられないからみんな元旦にうまれろ困れ産婦人科

バレリーナみたいにくるくる回りながら撮ったパノラマ　うみべの　海の

傘をさす人とささない人がいる小雨を手の甲でよけて行け

炭酸が床にたおれて波を打つ　おんなじように脈を打ちたい

わたしの絶望

靴ひもをむすんで顔をあげたとき友だちとよべるひといなかった

躁鬱の合間にだれかきらきらと挨拶をする、　だれかきらきらと

存在が詩になるなんてゆるせない　ただ暮れていく夕陽をにらむ

だめという返事を待つ布団のなかで涙のかわりに落とすテトリス

幸福な国で幸福なのはだれ　付箋のように空剝がれそう

ここへ来て一緒に濡れてほしいのにあなたは傘をたくさんくれる

歌いたいけれど鼻血がとまらない　わたしの絶望を笑わないで

いちめんの雪　死んだひとにあいたい　いきてるひとにはいきててほしい

愛の犬

学校を月光と打ちまちがえるひかりのなかで息むずかしい

どこまでがよわさでどこからがやまい　YAHOO! JAPAN の画面あかるく

ほらスクリューみたいな小型犬の足　いつか死ぬなら真昼がいいな

ぞっとするくらいにばかでさみしくて朝靄をなめれば甘かった

鈴のなるほうへとからだみちびいてくれよもしくは鈴になってよ

明け方にきみが小さくする咳の　狂えばかなしみもなくなるの？

僕は愛の犬なんだろう　ぴかぴかの十円玉だけ残して払う

てんらんかい

かんたんなてんらんかいにゆきたいなみずうみに触るだけのてんらんかい

サイダーできみの手指を洗ってく錆びた水道場にすわりつつ

風の体積をはかっていてほしいわたしがにおいをかいでいるあいだ

鳥が鳥をときどきたべて生きるようにうぶ毛が肌をひっぱるように

なすすべなく現在形でつけているはるまき巻いている夢日記

朝の鐘　わたしのせかいは小さいけれど小さいせかいはそうじしやすい

詩をぜんぶうまいとほめるいじわるな手紙が届くずっと夜明けだ

たくさんのひとのまねしてつづく暮らし　さびしいことがすこしはずかしい

光ってたものははなみずだったかもあのときなにを言わなかったの

どうしてもだめになったら開けるからびんをください　もうだめですか

サイダーの匂い

サイダーの匂いがするときみは言うわたしはぜんぜんわからなかった

ばらの花をスケッチブックに描きつける影を基調にふえてゆく花

少しだけまつげを抜くとしあわせになれる　すなわち　深刻じゃない

真っ白な商店街を歩くよう抱かれたままに目をとじるとき

きみの吸うたばこが燃えていてこわい　きみはぼーっとして笑ってる

加湿器の横でセックスしたあとに見に行った海　二度うなずいた

きみの払った羽虫がわたしへ飛んでくる　目を細めたらすぐいなくなる

こよみではもう春だけど適当なお店で買ったタルトのまずさ

木漏れ日を数えて暇をつぶす午後　わたしを好きなひともいるのか

旅先で出た高熱のきれぎれの夢のなかではおしゃべりできた

大雨を浴びて帰って玄関をしとどに濡らすような口づけ

叫びそう　きみがわたしの砂山をくずさないよう手を添えるたび

さよならの避けられなさはまたたいてへんな踊りを思いつかせる

冗談はわずかにきみを曇らせて鳥が水辺で羽たたむ音

真夜中のテレビしずかに煌々とモップをほめる　元気をもらう

ぼろぼろの幹ぼろぼろのつぼみから桜が咲けばみんな来るかな

電車の床で埃がくるくるまわってた　泣くといいってきみは言ってた

ヤクルトを一瞬で飲めることが武器わたしのここにすわりこんでよ

お守りにしてたたばこを吸いながらガラス戸越しの洗濯機聴く

人ごみにふとあおられて車道へとはみ出す鳩のようだ未来は

ふたりともくしゃみしすぎて聞こえないけれど最後の電話とおもう

寝ぼけてるあたまをうまく利用してきみの好きだった歌をうたった

熱帯夜

すきっぱのきみの歯型はかっこいい　笑ってる　いつまでも消えない

わざと肩ぶつけていこうたましいの眠い奴らでやる鬼ごっこ

そのせまい車のなかでセックスより土足禁止に興奮したの
カラオケできみは踊れる人なのかあたしも戦うそうとわかれば
きみの手がつめたいつまりきみの飼う鳥もつめたい星の下だろう

岩

かなしみについてこころを凝らすときさみと一枚岩になりたい

部屋の中でたばこを吸って報知器が鳴ってはいるけどたばこの時間

ゆめをみるように突然ドアノブの大切さにきみは気づいてる

街は布かもねほつれた糸みたく袋小路を越えてゆく蝶

ともだちが描いた絵本にかかれてた人間関係かっこよかった

階段

手を振った拍子にゆびわが飛んでいく湿った春の空割りながら

きみの原付のミラーはまるいやつ今度のぞいて映ってみよう

花曇り　きみのあたまはアルパカとスパゲッティをあわせた匂い

ねむたさとさびしさをよりわけたあとねむたさに寝る　春の新月

ピクルスをきみはパンから抜きとって花のまばらな川原へ放つ

桜ってここまで咲くときたないね　ぼくの心の中の階段

夢中

夏休み始まりの手帳ないかなあ　走って入った海を歩いて戻ってくる

果物がぼくらの喉をかゆくして落ちつくまでを聴き逃さない

雨を撮ることに夢中で轢かれそうなひとはいいじゃん雨もいいじゃん

Tシャツを洗えばきみはよろこんで花火みたいに腕を通した

いつまでも足を浸している銀のはしごはプールサイドの隅で

日々

目を細めにらむみたいに紅葉見るきみを守れば失うだろう

十月のすきまに溜まる深い陽よ　うっかりきみのかなしみを知る

木は近くないけどなぜか散っていた金木犀を思いだす日々

栗だけをほじって食べたあとに残るごはんの色のように笑ってよ

昼間見たちいさな火事を話しつつ眠りの際《きわ》に指をつないだ

着地

飴をくちにいれたまま寝て飴味のよだれをたらす　すごろくしたい

コート着るのは重いって、飽きたって、走るこどもに同じ気持ちだ

舌出してぶらんこを漕ぐ　食べられる雪の少ない街に生まれて

朝を見て、ああ、と言えばきみが手をつないでくれて坂をのぼった

からだじゅう着地点だよ転んでもスケート靴の刃に射すひかり

II

とおざかる星

僕たちの時代は来ない　置いたけど届かなかった脚立のように

靴べらがなくてかかとに親指を入れる痛みに似ている街よ

花を浴びながら川べりの階段をゆっくりきみは降りてきてくれた

守る、と目をふせながら言われても　いらない　それより変顔を見ろ

髪の毛をのばす理由をたずねられかわりにたばこをていねいに消す

鏡みて自分の顔が不機嫌に染まっているのを確かめている

たましいがふるえないようビリヤードの球よすばやく夏を転がれ

見あげると座薬っぽくて飛行船はそれだけで3年はいけるね

きみの胸には鰐がいるポロシャツの刺繡とかではなく知っている

風船は割れても楽しいものだからギターをはじめたりしようかな

生理痛をこらえるのにはちょうどいい眺めのネットカフェの天井

学校をやめてきたって言うきみの白い八重歯に僕がうつりそう

仕事嫌さに先輩が泣きみんな泣きつられて泣いてみようか迷う

Tシャツのローテーションがわかるほど会っている　ねこ　赤　ストライプ

気持ちいい冷気を顔に当ててたらかびくさいよと教えてくれた

ほんとうに大事にしたい　酔ったきみにブスと言われて悲しい自分

力いっぱい剝がしてもまたよみがえる皮膚と社会を軽蔑しよう

マイガールだなんて呼ぶなさもなくばＣＤが力のかぎり音を飛ばすよ

ラメ付きのスーパーボールに住んでいるひとかよきみは地球ではなく

次からはひとりで来れるようにって教えてもらうそばから忘れる

コカコーラゼロのボトルに楽しみな未来を描くコカコーラ社は
キスしてるあいだにあけてみる薄目みたいな夢を見ているずっと
男の子たちのうたっている曲をまねして歌うのも楽しいな

切り花の味のげっぷにはしゃいでるさっきレタスを食べたからだろ

ふたりだけの秘密がないということも愛に加えて瞳は曇る

いばってるバイトリーダーなぐったら中から小銭がいっぱい出てきた

食欲もないのに眉毛を太くして可憐な演技で猫とじゃれあう

死んだあとぜったい星になってやると意気込むきみの無職のちから

雨がふるたびに昼間は暑くなる　最近身体を気に入っている

おおきくてきれいな川の真ん中できみが手を振る。怖くて起きる

抱き合うと完成するよほら僕ときみのみじめな全寮制が

数えたらカーテンレールに18個ある留め具　かなしみはその向こう

きみが好き　きみのこころは好きじゃない　うそ　こころについてはわからない

ボールペンでお米に文字を書いてみる僕にかけがえがあってもなくても

水切りで遊びたいのに軽石と岩しかなくて黙りつづけて

生きてまでやりたいことがあまりないことがうれしいのを信じてよ

できるかな　きみを何度も見失うときに強気でいようと思う

使いかけの心臓だからもし名付けたいなら素手で止めにきなさい

スピードをいくらバイクで出そうとも風になれないことが救いだ

サンダルを履くから夏はくつしたを洗わなくてもいい　きれいだね

大切じゃないひとたちとゲーセンのマリオカートでいつか遊んだ

誰のものでもない僕ら　漂流者　訳して略してドリフってこと

ひらひらとへんな名前のラブホテルに笑った記憶でケーキが焼ける

恋愛を宿さずきみに触れたことを一生かけて思い出すだろう

草原よりも草原をゆく雲の影　僕は言葉を用意している

永遠に生きるみたいな耳鳴りがきこえる　それは熱心に聴く

川べりで口笛ふいた唇が形のままに乾いた花火

また会える　水の広場の噴水が取り除かれて広場になった

僕たちは離れないから真っ暗だ別れの歌はいつもまぶしい

おそろいのキーホルダーはいつまでも持っててほしい星とおざかる

うかぶわ

取っ手だけ縫ってそれから触れてないかばんはいつか作りおえたい

マグカップになみなみ注ぎ半分は花瓶へ足して半分は飲む

左上に切手を貼ればたましいはうかぶわ　きみは恋人だった

餞別にこたつあげたらあたらしい床が生まれて部屋はいきもの

一日のうちに二回も合うなんて時計はいいね止まっていても

ベランダのフェンスの端を空港にてんとうむしが飛び立ってゆく

木漏れ日はきっと楽器がうまいはず　暮らせばきみにまた会えるかな

風なら

鳥が高く飛んでて空が高いことわかるくらいに手ぶらな朝だ

やわらかく家が揺れてる　地震ならやだけど工事か風ならゆるす

打ったびにガットが切れるラケットのように楽しい会話をしよう

公園で陽を浴びながら噴水はさぞごきげんな水であること

満月が画鋲みたいにまったいらな二十代をゆっくり過ごす

ハ長調　力のかぎり散歩して帰りは飽きてバスに乗ったり

イヤホンと路上ライブが重なって生まれるあたらしい音楽が

映画から覚めたら肩が疲れてる　ぼくらはビタミンCが大好き

守りたいものはちょびっと　そのことをばかにされるとわくわくしちゃう

死にやすいふりをしながらきみのおすすめのまんがを読んで暮らすね

ほんとうのことを喋ればいなくなる友だちばかりみたいな雪だ

みんな好き　そのうち特にきみの顔がすきで遠くの国へゆきたい

息の根を呼びとめて

滝のようにきれいな猫が逝く朝にすべての金縛りは解けるよ

きみは卵からじゃない天窓から生まれた　そのことをべつに恨んでもいい

森にゆき口をひらけば木漏れ日が朝食となる　春は豊かで

すぐいなくなる母だった　追いかけて転んだ傷がいまも手にある

心臓に喩えることをやめてから小鳥とはぼろぼろの宝石

花言葉がしんそこきらい　なんでもいい　くずれるように咲く花ならば

しなやかなうすみずいろのコンタクトレンズはゆびでやさしく裂ける

会っているとき会いたさは昼の月　即席のカメラで撮ってみる

暴力め　日照雨のなかでたましいが売り渡されるときに泣かない

割るために花瓶はあるという嘘をいつまで信じる手足だろうか

後ろ前に着たらくるしい首元のやわらかければいいのにな死が

きみの髪に指をとおして海だねときみには聞こえない声で言う

レコードの針をゆっくりおとすようにはじめましてとおじぎをされる

きみがきみを調律しそこなったとき手紙はほんとうによく燃える

ここにいる誰もが夢を持っているかもしれず両膝に手を置く

川下へ流れていったサンダルにあのときさよならって言ったっけ

かけちがう釦がきれい　水筆で描きとめたらもうなおらない

たたいたらこわれてしまうタンバリンひとつひとつを木箱にしまう

わたしからきみのこどもがうまれないことも星座のようにうれしい

待ち合わせにみんな集まるレリーフの壁よ疲れたでしょう寝なさい

きみの瞼をあかるい指でこじあけて過去や中庭などを見せたい

ブローチのようにいとしい　裏声を呼ぶときききみがしかめる顔よ

忘れっぽい天使のようなほほえみで澄んだのは夜明けの遠い窓

死がふたりを分かつのは変　フリスビーを目で追うのちにつかみそこなう

歩くたび傘をはみ出すつまさきを言葉のかわりにおぼえておこう

対岸で光るちいさな映画館わたしの息の根を呼びとめて

みんなみんな戦士なのだという歌を口笛でふく　違うと思う

めずらしい道をゆくひとのだれもが強いわけではないというのに

きみといつ最後になるかわからないことをかなしみとも思わない

この先のほうが長くて、そして良い、はずだったけど転がってゆく

銀色の靴

奪われたみたいな顔で死なないで日傘の下の薄い真顔で

風船がわたしの手から抜けたがりひとを抱くようにそうはさせない

触れ得ない壊れられないあいさつを廊下で交わす水滴として

教会に椅子は並んで柔らかなあなたのためのわたしでしょうか

父さんが忘れていった日時計を母さんは洞になって見ている

春風は何度も花を押し倒す　ピアノ弾きたい／ピアノやめたい

ときどきはあなたの名誉を傷つけて生きてゆくこと　銀色の靴

透明な箱をみんなで持ちあげて橋の上から川へおとした

道はなくついにあなたの嘘なのか間違いだったのかはわからず

灯台

すこしだけおなかがすいてベランダに出たらなおった　灯台のように

輪郭のない風邪の日の散らばった小銭を一応あわてて拾う

テレビでしか会ったことない人が死ぬ　眠くてじっと見つめてしまう

撫でていて　電子レンジが白湯をつくるあいだもきみは老いてゆくから

はいいろとみずいろの砂　ささやかな町がわたしを離さないのだ

船のなかで書かれた文字がふるえたり穴があいたりにじんだりする

座布団が吸った涙もよく聴けば羽音だったのかもしれなくて

かみさまの歌をうたっておこられる　悲しいならばまちがっている

ストローを噛んだ部分が白くなるようにときどきにごる世界で

二本しかついてないのを鍵束と言おうか　束になれたら叶う？

大荷物かかえてひとり飛び乗った電車でいつか見つけてほしい

真夜中のつぶれたゴルフ場跡を探検に行く勇気がなかった

恋愛じゃなくてジンベエザメの影に隠れただけだしかも一瞬

台風の朝にこどもを見失うわたしのこどもかもしれないね

崖の街

従うよ胸をさらして　あこがれがもしぼくの身をほろぼすならば

目を閉じてまぶたの裏に見とれてる　根が水を吸うように泣きたい

どこからのひかりかわからないけれど揺れている鏡のようなもの

泳ぐのをやめると死んでしまうといういうきみがこわしたぼくの部品は

プランター抱えたあとの手についた土　ぬくもりに少しあわてる

ほんとうのすてねこをみたことがないからできるんだ深い口づけ

まだきみに何か期待をよせていて崖の間際の街くずれそう

感情を井戸にたとえてばからしい井戸に飴玉ぱらぱら落とす

来たバスにてきとうに乗るいまそれがすごくあたたかそうだったから
次に話題尽きたら鳥のはばたきの風をさわったことを話すね

かがやくゼリー

下向けば涙が上向けば咳がでてくるこの調子で生きちゃおう

五階から横断歩道を見おろすと人はふりかけみたいに渡る

ゆめにみるきみの肺が標本のようにうっとり黒くなるのを

ねこからねこが生まれるなんて天国だなんて言ったら不謹慎かな

じゃあ訊くよ　月のひかりにぬれているものを本当に見たことがある？

きみは窓をこじ開けながら怒ってる猫の寿命が短いことを

川べりが餌付けされてて鳥だらけ絵本に出てくる希望のように

きみとしかきみの話はできなくて替え歌ばかりうたって過ごす

シャーペンかボールペンかをお土産に迷って買ったへんな星砂

ちゃんと日記続けなくっちゃだめでしょう、って夢のなかでも叱ってくれて

とても歯が立たないきみのいる場所がいつも風上なのがうれしい

夕焼けにかがやくゼリー　ふくよかな意志でわたしはここにいるから

目に見えるものと見えないものがあるそのどちらにも惑わされたい

ふたりきりでない世界で靴ぬぐのわすれるくらい手をつないでる

舌を出してね

跳び箱をとべずにお尻がついちゃって生きてるだけで猫のものまね

顎で虹ぐいっとさせば虹は消えのがれられない豊かさのこと

新年の季語だといいな機関銃　雪の野原できみと撃ちあう

舞妓さん体験をして中指を立てて笑っているきみを撮る

カッコ悪いひととかダサいひととかを笑う僕らはまだ探してる

一度したお花見といま流れている音楽のどちらにも影響されて髪はなびく

パペットをあげたらくれたお返しはシールを車椅子から剝がして

宇宙葬されて待ってる　肉体がきえたら抱っこはできないけれど

かたことのジェスチャーだけど僕たちが元気というのは伝わったみたい

不幸せにまみれた顔もすてきだと信じるための舌を出してね

静岡が新幹線で長すぎる　うかうかしたい　それが恋でも

感覚

最近、写真撮られるときに目をつむるのがすき　元気でいるよ

学校をきらいなひとが好きだけど学校に来ないから会えない

この世には制服なんてひとつもない　みんなに謝ってほしかった

黒猫の絵が描かれてる単語ノートきみの精いっぱいの冗談

カラオケでミラーボールに目を焼かれきみの魅力は誰も知らない

ミュージカルみたいに急に歌いだす癖が僕らをここぞと救う

感覚がいつでも邪魔だ　自転車という名の兵器に乗せてもらった

地図からは直進できるかわからないけれどできたらいいな　進む

ミニチュア

けどやっぱ愛は無礼と思うので植物園で虫を見たいな

屋上はビルなのに外　ふしぎだね　雨が降ったらここも濡れるね

川べりの写真を撮るたび貧相な身体とおもう　川もわたしも

ミニチュアになれたらきっとのぼりたいきみの苗字にあるはしごだか

解説　地上絵もらう

宇都宮敦

I am a 大丈夫　ゆえ　You are a 大丈夫 too　地上絵あげる

はて、と思う。「大丈夫」に不定冠詞「a」がついているけど、「大丈夫」って可算名詞でいいのだろうか。というか、そもそもこれって名詞かしら。もしそうだとしたら、二個目の「大丈夫」、「the 大丈夫」と定冠詞で受けるんじゃなかったっけ。そもそも英文に「大丈夫」をぶっこむってどうよ、というところもあるので、高校英語を思い出しながらこんな細かいことを不思議がっても仕方がない気もするが、しかし、とも思う。「a 大丈夫」でなかったら、ふわふわとした状態でしかない「大丈夫」にこんなゴロッとした質感は与えられていないだろう。案外、ほんとうの「大丈夫」はこちらに近いのかもしれない。「ゆえ」なんて理屈めいたことを提示されても、その理路に説得されるべきところはひとつもないが、この文法的不確かさでしか導出されないふたつの「a 大丈夫」によって、わたしときみそれぞれを大丈夫そのものにしようとするその思いには打たれる。大胆な間違いで鷲摑みされるほんとうのこと、私にとって橋爪の短歌の最大の魅力はこれだ。

淀川は広いな鴨川とは全然ちがうなほとんど琵琶湖じゃないか

髪型を川べりの風にまかせて将来もずっと鴨を見ていたい

冒頭に掲げた表題作と同様、それぞれ、いや琵琶湖とも全然ちがうよ、とか、生活費どうすんの、とか、ひとまず間違いを指摘したくなる。一方で、これらの間違いはありていに言ってとてもかわいい。ただ、それを魅力と言い切るにはもう少しの吟味が必要だろう。この成熟することが苦手な社会において、かわいくあることは現状の是認とたやすく結びつくからである。しかし、「ほとんど琵琶湖じゃないか」も「鴨を見ていたい」も、何に対して間違えているかといえば、常識や通念に対してである。成熟することが苦手な社会とは、言いかえれば、正しいのか正しくないのかわからない常識や通念を疑わずに習熟することが成熟することと同義になってしまっている社会のことだ。

したがって、橋爪の歌のかわいさは、素朴さや無垢さによる社会の是認ではない。笑いをはらんだエキセントリックな稚気の発露として、社会と戦うために選びとられたものである。ほんとうは淀川は琵琶湖に匹敵するし、ほんとうは鴨を眺めて生計を立ててもいいという戦いだ。そして、その戦いは世界でおこなわれる。社会における戦いが、正しさを掲げ小さな勝ちをひとつひとつ積み上げていくようなもの（これはこれでとても大切なことだ）なのに対して、世界における戦いは正しくなさ、しかし社会を腐らせる正しくなさと同種でありながら決定的に異なる正しくなさ（社会を是認するかわいさと橋爪の歌のかわいさがどちらもかわいさでありながら決定的に違うように）を掲げ終わりのない戦いを続けるようなものになる。それを可能にしているのは確かな技術だ。

新年の季語だといいな機関銃　雪の野原できみと撃ちあう

このふたりは「機関銃」を撃ちあっても死なない気がする。漫画好きのあいだでしばしば起こる作品を横断した最強議論では、結局、ギャグ漫画が俎上に載ってうやむやになることが多いが、このふたりは、ギャグ漫画の住人たちが死なないように死なない。まず、この死ななさは、「雪の野原」という場面設定によるだろう。すなわち、この場面設定で、雪合戦という物騒ではあるがどこまでも比喩でしかない名称をもつ遊びを薄くベースに想起させられる。さらに、「新年の季語」だ。どうやら俳句の世界では「新年」という季節があるらしいと知ったときのソレッテキセッ？ という素朴な疑問。年明けの浮かれ具合と相まって、春夏秋冬に「新年」を並べるのは端的に狂っている。冬の季語であることを願われていたら死んでいた。かわいいは舐められがちだが、漠然となんとなくでは、かわいく間違えることはできない。橋爪の確かな語の選択により、このふたりは「機関銃」を笑いながら撃ちあっても死なないことこそがほんとうである世界を生かされている。

技術といえば、難しいこと、それも私好みの難しいことを達成しているこんな二首も挙げておきたい。

そのせまい車のなかでセックスより土足禁止に興奮したの

よせがきにきみが小さく描いてくれた舌のくるくるしたカメレオン

どちらの歌もあまりにそのままなことに感動する。短歌は言葉が逆説的に響いたり象徴性を帯びたりする場を与えようとするもので、そのまま作ってしまったらそのまま読ませることができない。一首目をそのままじゃなく読もうとすれば、「土足禁止」への「興奮」なんてほんとうはどうでもよく、真に言いたいのはよくなかった「セックス」に対する当て付けとなるだろう。あるいは、車の所有者のせこさ、貧乏くささ、器の小ささをどうしても想起させマイナスのイメージをもつ「土足禁止」という言葉のプラスイメージへの反転か。もちろん、そういうふうに読むこともできる。できるけど、それはとてもつまらない。なんでそうなるかといえば、そう読んだらつまらなくなるように作られているからだ。やはり、この歌が一番面白くなるのは、ヤベー、車の土禁なんて都市伝説かと思っていたよ、それもこの「せまい車」で、みたいに、「土足禁止」にマイナスイメージのまま「興奮」し、「セックス」なんかどうでもよくなってしまった感じで読んだときである。

二首目の「舌のくるくるしたカメレオン」も別に何かを象徴はしていない。たぶん、わたしはきみに好意はあるのだろうけど、「舌のくるくるしたカメレオン」とは関係がない。わたしがきみを好きだとしたら、「舌のくるくるしたカメレオン」を描いてもらってなくても好きだ。人を好きになるということはそういうことだし、「舌のくるくるしたカメレオン」もそういうことだ。だからこそ、「舌のくるくるしたカメレオン」のくるくるっぷりが嬉しいのだ。

I am a 大丈夫　ゆえ　You are a 大丈夫 too　地上絵あげる

大丈夫であるわたしが大丈夫であるきみにするのが地上絵をあげることなのはよくわかる。うかつに生まれた私たちが、うかつに死んでゆくまでにできることといえば、地上絵のような馬鹿でかいくせに実利のない祝福を贈りあうことぐらいなのだから。しかも、地を這うように生き、鳥の視点を持たないちっぽけな私たちは、贈りあっているくせにその全貌を捉えることすらかなわない。私たちにとって、その描線は砂埃たつ小道でしかない。

ひとまず、いまここにある小道を歩き出そう。私は途中、琵琶湖ばりに広い淀川とか雪原で機関銃を乱射しあうふたりとか素敵なものをたくさん見たよ。もちろん、舌のくるくるしたカメレオンをいくら積み上げても好きな気持ちそのものにはならないように、それらを積み上げても地上絵自体が浮かび上がることはない。でも、それを悲しむ必要なんかない。何が描かれているかはわからないが、何かが描かれていることは知っている、それで十分だ。とまれ、私たちはこの歌集で橋爪の地上絵を受け取ったのだ。

あとがき

わたしは、短歌の神様が存在すると思っています。いや、短歌という文学、行為、現象そのものが神様なのかもしれない、とも思います。短歌を通して自分自身の生き方や死のことを見つめ、考えることができるから、そう思っているのかもしれないと最近は思います。信仰に限りなく近いような短歌への信頼を、歌作をはじめてからずっと胸に抱いて生きてきました。

わたしは、こころがあまり強靭なほうではなく、死んでしまいたいと思うことがよくあり、その気持ちはとてもやっかいなものとして、わたしの半生のテーマであるかのように深く根付いています。そんな、死に足元をすくわれないように無我夢中で過ごす日々に、短歌はいつも寄り添ってくれました。

しかし、短歌をつくることによってわたしが命を救われたという事実は、短歌への信頼の強度を高めることはあっても、短歌を信頼する直接の理由にはなっていません。直接の理由は、短歌が面白いからということに他ならないし、そのことは、どれほどの死の淵に立たされようと、覚えていたいのです。

生まれてこなければよかった、とよく思います。けれど、今まで生き続けてよかった、とも思います。わたしは愛に貪欲で、いつもいつも愛されたいと願っています。けれど、もしわたしの代わりに、わたしの歌集がたくさんの人に愛してもらえるならば、それほど幸せなことは他にはないのではないか、とさえ感じます。それは、短歌の神様だけでなく、今まで短歌を作ることでかかわってきたたくさんの方々のおかげで感じられたことです。

編集の藤枝大様、書肆侃侃房の皆様、歌集制作にお力添えくださった方々、たくさんの助言をくださった永井祐様、素敵な解説を添えてくださった宇都宮敦様、息をのむほど美しい装画を描いてくださったイケガミヨリユキ様、「京大短歌」の仲間たち、「羽根と根」をはじめとした同人誌のメンバー、短歌をとおして出会ってきた戦友たち、ここまでわたしを生かしてくださったすべての方々にこの場を借りて、お礼を申し上げます。ありがとうございました。

当たり前のことを白状しておくと、この歌集は、まずはじめに自分のために作りました。けれど、書物を世に問うということは、それだけにとどまらない、「誰か」のためになることを信じる行為だと、わたしは考えています。そのことに今、とてつもなくわくわくしています。

この歌集がたくさんの人のもとへ届くことを、わたしは短歌と出会う前からすら、祈っていたように思います。そうすれば、他の誰でもない、あなたに届くような気がしたから。

この本を手に取ってくださったあなたに、心からの感謝を。

ありがとうございます。わたしはこれからもがんばります。

橋爪志保

■著者略歴

橋爪志保（はしづめ・しほ）

1993年、京都市生まれ。
2013年に「京大短歌」に入会し、作歌を始める。
2020年、「とおざかる星」50首で、
第二回笹井宏之賞の個人賞・永井祐賞を受賞。
現在、「羽根と根」「のど笛」「ジングル」同人。

歌集　地上絵

二〇二一年四月七日　第一刷発行
二〇二三年二月六日　第二刷発行

著　者　橋爪志保
発行者　田島安江
発行所　株式会社　書肆侃侃房（しょしかんかんぼう）
〒八一〇-〇〇四一
福岡市中央区大名二-八-十八-五〇一
TEL：〇九二-七三五-二八〇二
FAX：〇九二-七三五-二七九二
http://www.kankanbou.com info@kankanbou.com

編　集　藤枝大
DTP　黒木留実
印刷・製本　シナノ書籍印刷株式会社

ISBN978-4-86385-456-7　C0092